Conception graphique : Anne Schlaffmann
© Éditions du Sorbier, 2007
Dépôt légal : mars 2007
ISBN : 978-2-7320-3880-3
Loi 49-956 du 16 juillet 1949
sur les publications destinées à la jeunesse
Imprimé en France

IL Y A DE CELA longtemps, très longtemps,

au cœur d'un vaste et bel empire, s'étendait un lac bordé par deux puissants volcans : Atitlan et Toliman.

Là, deux peuples cohabitaient en paisible et parfaite entente. Sur les basses terres, le premier peuple, artisan, extrayait du sol les métaux et les cristaux rares, avec lesquels il fabriquait des bijoux extraordinaires, ornés de somptueuses pierres. Il décorait les tissus de brocards rutilants et taillait dans le jade des sculptures élégantes.

Il parait aussi les coiffures et les vêtements des plumes brillantes abandonnées par l'Oiseau Sacré, qui survolait de son vol ample et lent les deux volcans et les flots argentés du lac.

Claude Clément • Daniela Cytryn

AU PAYS DE
LA PRISON D'OR

Sorbier

PLUS HAUT, le second peuple, paysan,

cultivait des germes aussi rares que des cristaux précieux :
des graines de haricots, des graines de cacao et des graines
de maïs jaunes, mauves et bleues.

Les champs s'étendaient sur les flancs du volcan Atitlan,
couvrant le sol de feuillages bruissant sous le vent.

DANS LES VILLAGES

et sur les marchés, ces deux peuples échangeaient ce qu'ils produisaient. Ensemble, ils élevaient de hautes pyramides, afin de protéger les âmes de leurs aïeux et de vénérer les esprits et leurs dieux. Ils édifiaient aussi de somptueux palais pour abriter leurs souverains, leurs richesses et leurs guerriers.

Akbal, le roi paysan, veillait sur ses précieuses semences. Kawill, le roi artisan, sur ses trésors et ses parures.

Les habitants vivaient donc confiants et heureux sur les berges aux herbes mouillées, sur les pentes des champs ondulés et sous les ailes de l'Oiseau Sacré.

Un jour pourtant, un conquistador espagnol entendit parler du trésor accumulé au fil des ans par l'habile peuple artisan.

Bientôt, avides et excités, ce commandant et son armée ne songèrent plus qu'à s'en emparer et à s'installer sur ces riches terres étrangères, dans l'espoir d'une vie prospère.

UN MATIN, la fille du roi paysan s'en fut se baigner au lac.

Un seul regard suffit à Kawill pour tomber fou amoureux d'elle.

Plein d'espoir, il offrit ses bijoux les plus ouvragés au père de sa bien-aimée, le priant de lui accorder la main de la princesse. Akbal cependant refusa de marier son enfant à un homme qui ignorait l'art de cultiver le sol et d'y faire pousser les semences.

– Toi, tu ne sais que prendre à la terre, alors que moi, je l'enrichis !

Peiné, Kawill retourna chez lui, sans pouvoir oublier celle qu'il désirait pour femme.

De son côté, la jeune fille refusa de se soumettre à la décision de son père. Par une nuit de lune claire, glissant sur les sentiers de pierre, elle s'en fut rejoindre celui qui lui avait laissé entrevoir un cœur aussi tendre que passionné.

CITLALI dévala le flanc du ténébreux volcan Toliman.

Elle abandonna les grandes altitudes où l'air semblait léger à ses poumons, pour pénétrer dans les épaisses forêts de bambous, d'arbres énormes aux troncs moussus, de fleurs géantes orangé profond.

Traversant les champs de maïs, elle évita les esprits gardiens qui, taquins, entravaient son chemin.

Et elle s'effondra dans les herbes folles qui bordaient la rive du lac.

Au matin, Kawill la trouva et l'emporta en sa demeure.

Leur mariage dura des semaines de réjouissances infinies.

FURIEUX ET OFFENSÉ,

Akbal rassembla une troupe de vaillants guerriers. Pourtant, comment vaincre l'ennemi, sans épées, sans lances, armés de pioches et de piquets ?

Alors, il songea à trouver un fougueux et puissant allié. Il avait entendu parler du conquistador espagnol qui, malgré sa puissante armée, n'avait pas réussi à planter son drapeau dans la moindre terre. Au fil amer de ses défaites, on vantait cependant sans fin sa force et sa ténacité.

Sans y réfléchir davantage, Akbal envoya donc vers son vaisseau ses plus rapides messagers, afin de réclamer son aide. L'étranger, trop heureux de l'aubaine, partit aussitôt à l'assaut de l'innocent peuple artisan et du trésor qu'il convoitait.

La bataille fut si violente qu'elle éveilla les Dieux de la Pluie. Déchaînant leurs lances de pierre dans les éclairs et le tonnerre, ceux-ci déversèrent leur sang sur les hommes et sur le volcan.

À la fin, le peuple artisan fut presque entièrement décimé.

Les survivants, affolés, abandonnèrent le sol lugubre de l'Atitlan qui ne les avait pas protégés.

Le roi Kawill ordonna :

– Chargez nos biens dans des pirogues ! Vite ! Sauvons-nous sans bruit...

KAWILL

et les siens, après avoir ramé sans trêve, résolurent de se réfugier à l'autre bout du lac, au pied du volcan Toliman. Ils implorèrent sa protection avec force prières et supplications.

Les vainqueurs les pourchassèrent et finirent par les rattraper. Cette fois, ne prenant pas la peine d'emporter ses objets précieux et guidé par son roi prudent, le peuple artisan détala, délaissant au pied du volcan pierreries, or, jade et argent...

Les conquérants mirent pied à terre et distinguèrent d'étranges lueurs. Sur le sol, l'éclat du trésor resplendissait à leurs yeux aveuglés, tandis qu'au sommet de la montagne une lumière incandescente s'élevait, pourpre et menaçante.

Les visages pâles avancèrent, fascinés par la fortune étincelante qui devait faire leur prospérité, lançant au ciel des cris d'allégresse et d'avidité.

LA MONTAGNE

vivante fut alors secouée de violents hoquets. De néfastes rafales de cendres obscurcirent le paysage. Des avalanches de rochers dégringolèrent du sommet, suivies par un crachat de lave si long, si épais, si brûlant qu'il ensevelit les richesses abandonnées par le peuple artisan.

Une fois le calme revenu et la lave enfin refroidie, les conquérants furieux constatèrent que le trésor tant convoité était serti à jamais dans la pierre, comme dans une étroite prison d'or.

Déçus, amers, ils s'en allèrent et cruellement se vengèrent en pillant leurs alliés.

Par la force, ils les dépouillèrent de tout ce qu'ils pouvaient posséder, les réduisant à l'esclavage et à l'humiliante pauvreté.

Ils amassèrent pour butin les bijoux et objets précieux acquis autrefois en échange des graines patiemment cultivées.

Enfin, gavés d'or et d'argent, ils s'installèrent à leur tour sur les pentes des champs massacrés et sous le regard désolé de l'immortel Oiseau Sacré.

LE ROI ARTISAN,

quant à lui, débarqua de nouveau sur la rive du lac, au pied du volcan Atitlan, accompagné de son épouse et de quelques compagnons fidèles. Tremblants, ils se réfugièrent dans les herbes et dans les buissons.

Kawill, tenant Citlali par la main, s'adressa à son peuple assemblé, d'une voix ferme et apaisée :

– Quelques graines de haricots, de cacao, de maïs jaunes, mauves ou bleues valent autant que des métaux précieux. Au lieu de dépouiller la terre de ses trésors les plus cachés, donnons-lui de quoi prospérer ! Racines, tiges et ramures feront d'aussi belles parures que celles que nous ciselions jadis.

Humblement, tous commencèrent à ensemencer la terre avec les germes acquis autrefois en échange de leurs bijoux. Les champs de maïs repoussèrent sur les pentes du volcan apaisé, couvrant le sol de feuillages bruissant sous le vent.

Avec patience, ils récoltèrent leurs graines jaunes, mauves et bleues.

Et, paisiblement, ils tentèrent d'être à nouveau un peuple heureux, sur les berges aux herbes mouillées et sous les ailes de l'Oiseau Sacré.